Le château magique

La princesse Akissi et le mystérieux sorcier

Katie Chase

Traduit et adapté de l'anglais par Anne Delcourt
Illustré par Philippe Masson

BAYARD JEUNESSE

1

Des nouvelles d'Afrique

Au chaud dans la cuisine du château de sa grand-tante, Cléa se léchait les doigts, couverts de chocolat :

– Hmm, délicieux, tes cookies, maman !

Lucas, son petit frère de cinq ans, tendit la main vers l'assiette :

– Je peux en avoir un autre ?

– Tu vas exploser ! s'exclama Mme Campbell. Tu viens d'en manger deux !

– Trois, rectifia Cléa. Plus la moitié de la

pâte avant qu'on les mette au four. Un vrai goinfre !

– Bon, céda Mme Campbell en riant. Mais c'est le dernier, Lucas, sinon tu n'auras plus faim pour le déjeuner.

– C'est ta faute, aussi, maman, dit Cléa. Tes cookies sont trop bons !

Sa mère promena son regard sur la vaste pièce :

– C'est grâce à cette cuisine extraordinaire. Tout ce qu'on y prépare est réussi. À croire qu'elle est magique !

Elle regarda sa fille en souriant :

– Tu sais, je n'en reviens toujours pas qu'on vive ici !

Cléa comprenait très bien ce que ressentait sa mère. Sa grand-tante Clarisse venait de partir faire le tour du monde. Et elle avait demandé aux Campbell de s'installer dans son manoir en Écosse, pour en prendre soin.

Sur le coup, Cléa avait eu du mal à quitter

ses amies. Mais c'était tellement génial d'habiter dans un château ! Et encore plus depuis qu'elle connaissait son secret. Non seulement il avait l'air magique, avec ses tourelles en pierre et son jardin de conte de fées ; en plus il s'y passait des choses magiques !

Les aventures de Cléa avaient commencé le jour même de son arrivée. Dans une lettre, sa grand-tante lui avait confié que des « princesses » étaient cachées partout dans la vieille demeure. Dès qu'elle en voyait une, Cléa devait lui dire bonjour en faisant la révérence.

Elle en avait déjà trouvé plusieurs : sur une tapisserie accrochée au mur, dans le dessin d'un vase et d'un éventail... À chaque fois, elle avait suivi les instructions de Clarisse, et elle avait été emportée dans une incroyable aventure.

« Vivement que je découvre une nouvelle princesse ! » songea Cléa.

À cet instant, Mme Campbell jeta un coup d'œil par la fenêtre :

– Tiens, voilà le facteur.

En effet, David, le jeune facteur, garait sa voiture dans l'allée.

– J'y vais ! lança Cléa en quittant la cuisine.

Elle traversa la grande salle au pas de course et ouvrit avec effort la lourde porte du château.

David arriva en faisant crisser ses chaussures sur le gravier.

– Bonjour, Cléa, dit-il en lui tendant un paquet de lettres. Il y a deux cartes postales

aujourd'hui, une pour toi et une pour Lucas.

Cléa les chercha dans la pile. L'une représentait un groupe de lions couchés à l'ombre d'un arbre ; l'autre montrait un troupeau de zèbres qui broutaient près d'un point d'eau.

Cléa les retourna, intriguée.

– C'est Clarisse qui les envoie ! s'écria-t-elle en reconnaissant l'écriture.

Tandis que David regagnait sa voiture, elle lut le message de sa tante :

À Cléa, ma petite princesse,

J'espère que tu t'amuses bien au château et que tu vis toutes sortes d'histoires merveilleuses. En ce moment, je suis en safari au Kenya. C'est un pays superbe, qui s'étend sur des centaines de kilomètres de prairie, qu'on appelle la savane. Il est peuplé d'animaux sauvages. J'espère qu'un jour tu auras l'occasion d'y venir, toi aussi. Continue à chercher tes princesses !

Je t'embrasse très fort,

Ta grand-tante Clarisse.

Lucas sortit en trombe du château.

– Clarisse nous a écrit du Kenya ! l'informa Cléa en lui tendant sa carte.

Leur père les rejoignit.

– On a reçu des cartes de Tante Clarisse ! annonça Lucas, tout excité. Elle est au Kenya. Où c'est, le Kenya ?

– En Afrique, répondit son père. Va chercher un atlas dans la bibliothèque, et je te montrerai.

– Je m'en charge ! proposa Cléa.

La bibliothèque était l'une de ses pièces préférées. Ses murs étaient recouverts d'étagères du sol au plafond. On atteignait les livres du haut en montant à une échelle, qui glissait sur des rails le long des étagères.

Une fois dans la pièce, Cléa repéra le grand atlas, tout en haut. Elle poussa l'échelle au bon endroit, y grimpa et retira le gros livre.

Soudain, elle remarqua un objet caché

derrière, contre le mur. C'était une statuette, de la taille d'une petite bouteille. Cléa la prit délicatement.

Elle représentait une petite fille d'une dizaine d'années, comme Cléa. Son beau visage paraissait soucieux. Le bois sombre, finement sculpté, reproduisait chaque détail de sa coiffe et de sa longue tunique flottante.

Cléa frissonna d'excitation : c'était sûrement une princesse !

Elle redescendit à la hâte, posa l'atlas et la statuette sur le bureau et fit une révérence à la princesse en disant : « Bonjour ! »

Aussitôt, un vent tiède se leva et s'enroula autour d'elle, chargé d'odeurs de terre et d'herbe chauffées au soleil. Cléa sentit son cœur battre plus vite. Une nouvelle aventure allait commencer !

Elle ferma les yeux, et la brise se changea en un tourbillon qui la souleva du sol. Quelques instants plus tard, ses pieds se posèrent en douceur. Une chaleur lourde s'abattit sur Cléa comme une grande cape.

Elle rouvrit les yeux, et resta stupéfaite.

Autour d'elle, une vaste prairie desséchée s'étendait à perte de vue. Quelques arbres maigres aux branches hérissées d'épines se

découpaient sur le ciel bleu. Le lit à sec d'une rivière serpentait à travers la prairie. La masse sombre de hautes montagnes se dressait à l'horizon. Un troupeau de zèbres broutait près de la rivière.

Cléa sursauta en se rendant compte que la scène était presque la même que celle de la carte postale de Tante Clarisse.

– L'Afrique ! souffla-t-elle, ébahie. Je suis en Afrique !

2

Un village menacé

Cléa fit un pas, et sentit un pan de tissu lui balayer les jambes.

Baissant les yeux, elle s'aperçut que son jean et son pull avaient disparu, remplacés par une longue robe de coton rouge.

Au lieu de ses baskets, elle avait aux pieds de fines sandales de cuir. Des bracelets d'or tintaient à ses poignets. Et à son cou pendaient une multitude de colliers, faits de toutes petites perles rouges, blanches et noires.

Elle porta la main à sa tête et découvrit que ses longues boucles rousses étaient cachées sous un foulard orné de perles.

– Waouh ! lâcha-t-elle, ravie.

Elle aurait bien voulu se voir dans un miroir.

Soudain, les zèbres s'éloignèrent prudemment, et Cléa vit arriver un groupe de femmes. Elles se dirigeaient vers la rivière en parlant et en riant, chargées de jarres et de cruches en terre cuite.

Elles portaient des robes de toutes les teintes de rouge et de brun. Elles avaient les cheveux courts, et de lourds bijoux, comme ceux de Cléa.

À leur tête marchait une jeune fille qui semblait être leur chef. En voyant Cléa, elle fronça les sourcils de surprise. Elle adressa quelques mots aux autres femmes, qui hochèrent la tête et continuèrent leur chemin.

Se séparant du groupe, l'Africaine s'approcha de Cléa. Celle-ci s'aperçut alors qu'elle ressemblait trait pour trait à la statuette de la bibliothèque.

Elle était vêtue d'une longue robe flottante rouge et or, et un anneau d'or luisait sur ses longues tresses noires. Elle était très belle, avec ses grands yeux noirs aux cils soyeux.

« Je parie que c'est la princesse », se dit Cléa, le cœur battant.

L'étrangère s'arrêta à quelques pas d'elle.

– Bonjour, dit-elle. Je suis la princesse Akissi. Et toi, qui es-tu ?

– Je m'appelle Cléa. Je viens de très loin, du château de ma grand-tante Clarisse. C'est grâce à la magie que je suis ici.

Akissi écarquilla les yeux :

– C'est vrai ? Ma grand-mère m'a parlé

d'une fille étrange – toute pâle, comme toi – qui venait au village par la magie, il y a très longtemps. Elles étaient même devenues amies.

– Je pense que c'était ma grand-tante, dit Cléa avec un sourire.

La princesse sourit à son tour :

– Alors, on peut sûrement devenir amies, nous aussi.

– Avec plaisir ! s'exclama Cléa.

– Mon père est le chef de la tribu des Arakus, reprit Akissi. Toutes les terres que tu vois sont à nous. Et voilà notre village, là-bas. Veux-tu venir le visiter ? Tu pourras t'y reposer à l'ombre.

– Volontiers ! répondit Cléa.

À vrai dire, le soleil tapait dur, et même dans sa robe de coton léger elle commençait à avoir très chaud. Et puis, elle était curieuse de découvrir un village africain.

Cléa suivit sa nouvelle amie jusqu'à la

rivière, où les villageoises remplissaient leurs cruches. Elles se redressèrent à leur arrivée.

– Je vous présente Cléa, fit Akissi. La petite fille qui venait rendre visite à ma grand-mère était sa grand-tante.

Les femmes saluèrent Cléa avec gentillesse.

– Bien, rentrons au village, lança la princesse.

Elle se pencha pour prendre une jarre remplie d'eau ; toutes les autres femmes soulevèrent leurs cruches.

– Je vais t'aider, proposa Cléa en s'emparant d'une petite cruche.

Akissi la remercia, et le groupe reprit le chemin du village. Toutes avaient hissé leurs jarres sur leur tête ou sur leurs épaules.

Cléa n'avait pas osé les imiter ; elle portait sa cruche à deux mains. Elle ne tarda pas à s'essouffler.

– Vous allez chercher l'eau loin du village, remarqua-t-elle. Il n'y en a pas plus près ?

– Autrefois, il y avait un ruisseau ici, répondit Akissi.

Elle lui désigna le lit d'un cours d'eau asséché sur leur gauche.

– Il s'appelait l'Ikou. Il venait de la grande rivière, et amenait l'eau potable au village, pour nous et pour nos bêtes. Mais avec la sécheresse, il a disparu. Depuis un mois, nous devons aller jusqu'à l'Ikanta, la rivière

principale. Et elle aussi menace de s'assécher. Personne ne sait pourquoi.

– Il y a peut-être quelque chose qui retient l'eau en amont, suggéra Cléa.

Akissi se mordit la lèvre avec un air soucieux :

– C'est possible. Mais chaque fois que les hommes du village ont voulu remonter jusqu'à la source de la rivière, dans les montagnes, ils en ont été empêchés par des lions. Mon père est très inquiet. Une légende dit que si la rivière Ikanta s'assèche, c'est le signe que le chef a perdu son pouvoir, et que l'eau ne reviendra qu'avec l'arrivée d'un nouveau chef. C'est mon oncle Ata qui remplacerait mon père. Mes parents et moi, nous devrions quitter le village.

– C'est injuste ! s'écria Cléa, choquée.

– C'est ainsi, soupira Akissi. Mais je ne me fais pas à l'idée de devoir quitter ma maison et mes amis.

Bravement, elle se força à sourire et conclut :

– N'y pensons plus ! Je suis sûre que l'eau reviendra.

En parlant, elles étaient parvenues à l'entrée du village, devant un énorme portail de bois, sculpté d'oiseaux et d'animaux sauvages.

– Bienvenue dans notre village, Cléa, déclara la princesse en poussant le portail.

Cléa la suivit, les yeux brillants de curiosité.

3

Le don de la princesse

Le village était composé de petites cases rondes en terre et en bois, aux toits couverts de branchages.

Les enfants jouaient pendant que leurs parents s'activaient en petits groupes. Les uns fabriquaient des paniers, d'autres affûtaient des outils, pilaient le grain, cousaient des vêtements.

Le cours de l'Ikou passait en plein milieu du village. Près du lit asséché poussait un arbre

gigantesque. Cléa n'avait jamais vu un tronc aussi gros, ni des branches aussi épaisses.

– Qu'est-ce que c'est comme arbre ? s'enquit-elle.

– Un baobab, dit Akissi. Et voilà ma maison !

Elle montra du doigt une cabane perchée dans les branches robustes de l'arbre.

L'habitation était d'une taille impressionnante. Autour du tronc couraient quatre plates-formes, les unes au-dessus des autres, formant quatre étages.

Chaque plate-forme comportait deux ou trois petites cabanes en bois, calées dans les branches.

Cléa était éblouie : elle aurait adoré vivre dans une maison pareille !

– Comment grimpe-t-on là-haut ? demanda-t-elle, tout excitée.

– Suis-moi ! répondit la princesse, amusée.

Elles posèrent leurs cruches, et Akissi, prenant le bras de Cléa, l'entraîna vers le baobab.

Au pied de l'arbre, il y avait une sorte de grande caisse en bois, suspendue à une grosse corde. La corde s'élevait jusqu'à la première plate-forme, passait par une poulie et redescendait. À son extrémité, elle était fixée au harnais de deux gros buffles, qui paissaient tranquillement à l'ombre du baobab.

Akissi ouvrit un portillon situé sur l'un des côtés de la caisse et monta dedans.

– Viens, dit-elle, gloussant devant la surprise de Cléa.

Quand celle-ci l'eut rejointe, Akissi lança un cri aux buffles :

– Hue ! Allez, Kaïkou ! Allez, Shamela !

Les bêtes dressèrent les oreilles et se mirent docilement en marche. La caisse fut agitée d'une secousse, et Cléa s'agrippa au rebord. Puis les fillettes commencèrent à s'élever.

Les animaux continuaient d'avancer, et la caisse montait de plus en plus haut. C'était un peu comme la grande roue à la fête foraine, mais en beaucoup plus rigolo !

La caisse atteignit bientôt le premier niveau. Au signal d'Akissi, les buffles s'arrêtèrent et la caisse s'immobilisa.

La princesse ouvrit le portillon et les deux amies sautèrent sur la plate-forme.

Chaque petite cabane était constituée d'une

pièce, ornée de jolies petites fenêtres. Les feuilles du baobab bruissaient doucement dans la brise.

– C'est incroyable ! souffla Cléa, regardant autour d'elle avec émerveillement.

– Viens boire quelque chose, lui proposa Akissi.

Elle la conduisit dans la pièce la plus proche, meublée d'une table et de chaises. Sur la table était posée une grosse cruche en argile, enveloppée de feuilles de bananier pour garder la fraîcheur.

Akissi prit deux gobelets en bois sur une étagère et y versa une boisson qui avait la couleur du jus de pêche.

– Tiens, c'est du jus de papaye, dit-elle en lui tendant un gobelet.

Cléa but une gorgée. C'était un vrai délice.

– Viens, je vais te montrer mon endroit préféré au monde ! proposa Akissi, les yeux brillants.

Elle gagna une échelle de corde qui montait jusqu'à la plus haute plate-forme. Elle l'escalada avec agilité, sans lâcher son gobelet.

Cléa jugea plus prudent de poser le sien avant de la suivre.

– Nous y sommes ! annonça Akissi tandis que Cléa atteignait la dernière plate-forme.

De là-haut, la vue portait très loin sur la vaste étendue de la savane.

Poussées par le vent, de grosses pelotes d'herbe roulaient sur la terre desséchée. Des antilopes et des zèbres paressaient à l'ombre des arbres épineux.

– C'est magnifique ! souffla Cléa.

– Je monte souvent ici admirer le paysage, dit Akissi d'un ton rêveur. Je peux observer tous les animaux, regarder les saisons changer… Je m'y sens toujours en paix et heureuse.

Cléa se rappela soudain la légende que la princesse lui avait racontée.

– Que vas-tu devenir si tu es obligée de partir ? demanda-t-elle.

Le visage d'Akissi s'assombrit :

– Je ne sais pas. Je ne peux pas m'imaginer vivre ailleurs. Si seulement je pouvais faire venir la pluie !

– Faire venir la pluie ? répéta Cléa, stupéfaite. Mais personne ne le peut !

– Si, moi, dit simplement la princesse. Je suis une princesse de la Pluie.

– Qu'est-ce que c'est ? questionna Cléa, intriguée.

– En période de sécheresse, la princesse de la Pluie danse une danse spéciale, et la pluie se met à tomber, expliqua Akissi.

– Et toi, tu en es une, conclut Cléa.

– Exactement. Avant, c'était ma grand-mère, et elle m'a appris la danse. Maintenant, c'est moi, la princesse de la Pluie de ma tribu.

À cet instant, des pas lourds retentirent sur la plate-forme. Cléa se retourna, et sursauta.

Devant elle se tenait un homme de haute taille, vêtu d'une tunique aux dessins géométriques noirs et blancs. Son visage était strié de bandes de peinture blanche, et ses cheveux se dressaient comme des piques sur sa tête. Il portait un grand bâton, surmonté d'un crâne d'antilope.

Il fixait Cléa avec dureté.

– Qui es-tu ? demanda-t-il rudement.

4

La danse de la pluie

Cléa eut un mouvement de recul.

– Eh bien ? insista l'homme.

Il brandit son bâton, et Cléa eut l'impression que le crâne d'antilope la regardait d'un air menaçant.

– Je… je…, bredouilla-t-elle.

Heureusement, Akissi répondit à sa place :

– oncle Ata, je te présente mon amie Cléa. Elle est de la famille de Clarisse, la petite fille dont Grand-mère me parlait quand j'étais petite.

– Je vois, fit l'homme.

Il abaissa lentement son bâton, fixant toujours Cléa avec méfiance.

– Cléa, je te présente mon oncle Ata, poursuivit Akissi. C'est le sorcier du village. Il est d'une grande sagesse.

Puis elle reprit avec un sourire :

– Il est aussi très fort pour s'approcher des gens par surprise. Tu n'as pas eu peur, j'espère ?

– Non, pas trop, mentit Cléa par politesse.

Elle se tourna vers Ata pour ajouter avec un sourire forcé :

– Ravie de vous rencontrer.

Il détourna rapidement les yeux.

– C'est l'heure de ta danse, Akissi, dit-il à sa nièce.

La princesse soupira :

– Très bien, Oncle. Tu veux venir avec moi, Cléa ?

– Oh oui ! s'exclama Cléa.

Elle vit le visage d'Ata se rembrunir. Il ne

semblait pas ravi d'avoir une spectatrice. Leur tournant le dos, il redescendit vivement l'échelle de corde.

– Allons-y, fit Akissi.

– Où ? demanda Cléa en la suivant le long de l'échelle.

– Dans la case d'Oncle Ata. C'est là que j'exécute la danse de la pluie.

Revenue à la première plate-forme, Akissi alla ouvrir le portillon de la caisse qui servait d'ascenseur. Et elles redescendirent comme elles étaient montées.

En sortant de la caisse, elles virent Ata traverser le village à grandes enjambées, sa tunique flottant derrière lui.

Elles se hâtèrent à sa suite.

– Alors, c'est vrai, tu peux faire pleuvoir ? insista Cléa, qui n'en revenait toujours pas.

Akissi hésita avant de répondre :

– D'habitude, oui. Mais depuis que la rivière s'assèche, j'ai beau essayer tous les jours, il ne pleut plus. C'est pour ça qu'Oncle Ata tente de m'aider. C'est un sorcier très puissant. Il connaît des formules et des herbes magiques qui peuvent me rendre mes pouvoirs.

Elle s'arrêta devant une grande case, un peu à l'écart des autres. L'entrée était ornée de crânes d'animaux.

– C'est ici, déclara Akissi en faisant le tour.

Derrière la case, Ata se tenait accroupi devant un grand feu. Il jeta des herbes séchées dans les flammes, qui sifflèrent en dégageant une odeur piquante.

Cléa toussa.

– Dépêche-toi, Akissi, lança le sorcier à la princesse avec impatience.

Celle-ci s'avança, et il traça un cercle autour d'elle.

Cléa s'assit contre le mur de la case pour regarder. Quand Ata eut fini, il prit un tambour et commença à jouer.

Akissi leva les bras au-dessus de sa tête et se mit à tourner sur elle-même.

Elle frappait le sol du pied, faisant tinter ses bracelets d'or. Lentement, elle tournait, les yeux fermés.

D'une voix rauque, Ata entonna un chant dans un langage étrange. Les battements de tambour s'accélérèrent, entraînant Akissi dans un rythme de plus en plus rapide.

Le chant d'Ata se fit plus fort, et encore plus rapide. Maintenant, Akissi tourbillonnait si vite que Cléa se demanda comment elle arrivait à ne pas tomber.

Puis Cléa s'aperçut que quelque chose d'étrange se produisait. L'air devenait de plus en plus lourd et suffocant. Elle regarda le ciel avec espoir, mais ne vit aucun nuage.

Ata, les yeux fixés sur Akissi, semblait la transpercer du regard.

Soudain, il abattit ses deux mains sur le tambour et se redressa.

– Ça ne marche pas ! trancha-t-il d'un ton sec. La danse a échoué.

Akissi s'arrêta à son tour, haletante. Cléa lut de la déception dans ses yeux.

– On ne peut pas réessayer, oncle ? demanda la princesse.

– Demain, répliqua Ata. Laisse-moi, maintenant.

Là-dessus, il ramassa son bâton et son tambour et s'engouffra dans sa case.

Akissi baissa la tête d'un air abattu, et les deux amies repartirent vers le baobab.

– Ne sois pas triste, murmura Cléa. Ça marchera peut-être demain.

Akissi soupira :

– Si seulement je comprenais pourquoi la magie ne fonctionne pas ! J'y arrivais, avant. Je dois sûrement me tromper dans mes pas !

Cléa lui posa la main sur le bras.

– Ne renonce pas, lui dit-elle. Ton oncle trouvera peut-être un moyen pour que la danse marche !

– Mais la rivière sera bientôt à sec ! objecta Akissi avec angoisse. Il ne reste plus beaucoup de temps...

5

Le retour des chasseurs

À cet instant, le portail du village s'ouvrit dans un grand bruit.

Un groupe de villageois entra, mené par un homme de haute taille. Il était drapé dans une tunique rouge brodée de symboles dorés et portait une grande lance en argent étincelante.

– Père ! s'écria Akissi.

Un large sourire illumina le visage de l'homme.

– Ma fille ! s'exclama-t-il en venant vers elle. La chasse a été bonne ! Nous avons tué deux antilopes. Il y aura un festin ce soir !

Puis il remarqua Cléa, et la dévisagea avec intérêt.

– Père, je te présente mon amie Cléa, dit la princesse. Cléa, voici mon père, le chef Oulan.

Elle expliqua rapidement qui était la fillette.

Celle-ci se demanda comment saluer le chef. Devait-elle s'incliner ?

L'homme mit fin à ses hésitations en lui donnant l'accolade.

– Sois la bienvenue chez nous ! déclara-t-il avec un sourire chaleureux. Peut-être nous porteras-tu chance !

Puis il se tourna vers sa fille, l'air plein d'espoir :

– As-tu exécuté la danse de la pluie aujourd'hui ? Il se pourrait que nous fêtions aussi le retour de la pluie, ce soir…

La princesse baissa les yeux :

– Je suis désolée, père. Je viens justement d'essayer, mais cela n'a pas marché.

Une ombre passa sur le visage du chef, mais il retrouva vite le sourire.

– Ce n'est pas grave, Akissi, dit-il doucement. Demain, peut-être.

Il lança d'une voix plus forte, à l'adresse des villageois :

– Que tous préparent la fête !

Les villageois, qui étaient venus accueillir les chasseurs, se dispersèrent.

Une grande femme mince, portant une grande coiffe entièrement brodée, s'approcha des deux amies.

– Mère, fit Akissi en la saluant, je te présente Cléa.

– Bonjour, Cléa, dit la femme du chef, je m'appelle Zalou. Veux-tu nous aider à préparer le festin ?

– Avec plaisir ! s'exclama Cléa.

Elles gagnèrent une case spacieuse au milieu du village, qui servait de lieu de rassemblement. Les deux filles se mirent à presser du jus de papaye.

Aidée par d'autres femmes, Zalou transporta à l'extérieur de grands paniers de fruits et de légumes. Un feu avait été allumé dehors pour cuire la viande. Tout le monde parlait en travaillant.

Cléa apprit que depuis quelque temps, la nourriture se faisait rare.

– D'habitude, on ne manque de rien, lui expliqua Akissi. Mais en ce moment, la chasse est souvent mauvaise. Et la viande que l'on conserve au village disparaît mystérieusement, on ne comprend pas pourquoi.

– Pouvez-vous apporter le jus de papaye, les filles ? lança Zalou.

Elles obéirent. Bientôt, tout fut prêt pour la fête.

Les deux antilopes et un poulet tournaient sur une broche au-dessus du feu. Il y avait aussi de la noix de coco grillée, de la soupe de haricots épicée, du riz et des patates douces.

Trois musiciens prirent place à l'écart du feu et se mirent à jouer, l'un de la flûte, et les deux autres du tambour.

Tout le monde se servit. Cléa et Akissi

remplirent leurs écuelles et allèrent s'asseoir.

– C'est merveilleux ! soupira Cléa en attaquant son repas avec appétit.

Le rythme lent et insistant des tambours lui rappela Ata. Elle le chercha des yeux.

Il se tenait près du feu, dont les flammes jetaient de grandes ombres sur son visage. Cléa ne put s'empêcher de frissonner.

Sans qu'elle sache pourquoi, il lui faisait peur. Tandis qu'elle le regardait, les yeux du sorcier tombèrent sur le chef Oulan ; son visage se durcit, et ses doigts se crispèrent sur son bâton.

Surprise, Cléa fronça les sourcils.

– Ata ne s'entend pas avec ton père, Akissi ? demanda-t-elle.

– Eh bien, maintenant, ça va, répondit son amie. Mais ça n'a pas toujours été le cas. Ils sont frères. Quand le chef, mon grand-oncle, est mort il y a quelques années, mon oncle et mon père ont tous les deux voulu le remplacer. La tribu a choisi mon père. oncle Ata était très en colère. Il a quitté le village, et n'est revenu qu'après un an et un jour. Depuis, ils s'entendent bien. Et mon oncle aide beaucoup le village avec sa magie. Comme il m'aide, moi, pour la danse de la pluie.

Cléa regarda de nouveau Ata. Il s'était détendu et contemplait le feu d'un air impassible.

– Il a toujours été sorcier ? voulut savoir la fillette.

– Non. Il a appris après avoir quitté le village. Et grâce à ses pouvoirs, c'est quelqu'un de très important dans la tribu.

Elle soupira :

– Seulement, si l'eau ne revient pas bientôt...

Akissi se leva, brusquement assombrie :

– Excuse-moi, Cléa, mais je n'ai plus envie de faire la fête. Je crois que je vais monter en haut du baobab, regarder la lune se lever sur la savane. Tu peux venir avec moi… ou rester ici, comme tu préfères.

– Je viens avec toi, décida Cléa, espérant qu'elle saurait réconforter son amie.

Les fillettes montèrent sur la plus haute plate-forme du baobab et s'assirent sur les planches.

La lune s'était levée, diffusant sa lumière argentée sur la prairie.

Akissi serra ses bras autour de ses genoux :

– Et si c'était vrai, Cléa ? S'il ne pleut pas, c'est peut-être parce que mon père doit laisser la place du chef à Ata ! Je ne vois pas d'autre raison. Ma grand-mère disait que la danse marchait toujours ! Que seule une magie noire très puissante pouvait la faire échouer !

6

Le secret du sorcier

La nuit était tombée. Du haut de la plateforme, les deux filles regardèrent les villageois rassemblés autour du feu, et les cases éparpillées au pied des arbres.

Soudain, au clair de lune, elles virent une haute silhouette s'éloigner de la fête. Elle portait un grand bâton surmonté d'un crâne d'antilope.

– Tiens, c'est oncle Ata ! remarqua Akissi.

Le sorcier se faufila dans une case.

– C'est là qu'on garde la viande rapportée de la chasse, dit Akissi, surprise. Je me demande ce qu'il cherche dans cette case…

Quelques minutes plus tard, Ata ressortit, chargé d'un gros sac. Il se dirigea vers le portail du village.

– Il n'a quand même pas volé de la viande ! murmura Akissi. Il ne ferait pas cela à sa propre tribu !

– Viens, suivons-le ! suggéra Cléa, le cœur battant. On en aura le cœur net !

Elles descendirent silencieusement par l'échelle de corde. Le temps qu'elles arrivent en bas, Ata avait atteint le grand portail.

Elles s'approchèrent en se cachant derrière les cases. Le sorcier frappa le gros verrou du portail avec son bâton en marmonnant quelques mots.

Des volutes de fumée grises s'élevèrent du crâne d'antilope et s'enroulèrent autour du verrou. Celui-ci glissa tout seul, comme s'il était poussé par des mains invisibles. Cléa frissonna.

Ata franchit le portail. Les filles se dépêchèrent de se glisser derrière lui avant que le battant ne se referme.

Elles laissèrent le sorcier prendre un peu d'avance, pour ne pas se faire repérer. Puis elles se lancèrent à sa suite, en se dissimulant derrière les rochers, les arbres et les buissons.

Ata avait pris la direction des montagnes.

Un nuage masqua la lune, plongeant la savane dans le noir. Dans l'obscurité, Cléa

buta sur un gros caillou. Le terrain était en pente. Elle se pencha pour toucher le sol et sentit sous ses doigts de la terre desséchée.

Cléa en conclut qu'elles longeaient les rives de l'Ikanta. Sur sa droite, en effet, Cléa distingua le scintillement d'un maigre filet d'eau.

Soudain, son pied heurta de nouveau une pierre, et elle tomba.

Ata se retourna.

Akissi se jeta derrière un rocher.

– Cache-toi, Cléa ! souffla-t-elle.

Son amie se laissa glisser sur la pente de la berge et s'immobilisa.

Au bout d'un moment elle se redressa prudemment. Ata avait fait demi-tour et marchait droit sur elles. Les bandes de peinture blanche sur son visage luisaient dans le noir.

Une fois sur la rive, il regarda autour de lui. Cléa retint son souffle, le cœur prêt à exploser.

Enfin, à son grand soulagement, Ata fit un pas en arrière. Mais ce fut pour se diriger vers le rocher où se cachait Akissi.

Plus que quelques secondes, et elles seraient découvertes !

7

Des lions bien nourris

Dans la panique, Cléa crispa les doigts, qui se refermèrent sur une pierre logée dans la terre humide. Cela lui donna une idée.

Elle la prit, se redressa vivement et la lança vers un arbre. La pierre heurta le tronc dans un bruit sourd. Deux oiseaux s'envolèrent des branches avec des croassements indignés.

Ata s'arrêta.

– Stupides volatiles ! grommela-t-il en haussant les épaules.

Puis il regagna le chemin de terre et reprit sa route.

Cléa attendit un peu avant de remonter sur la berge. Akissi sortit de derrière son rocher.

– Bien visé, Cléa ! murmura-t-elle. Sans toi, j'étais perdue !

– Oui, on a eu chaud, approuva Cléa. Viens, on le suit, sinon on va le perdre de vue !

Elles hâtèrent le pas sur le chemin, le long de la rivière. Celle-ci n'était plus qu'un maigre ruisseau.

Le cœur de Cléa se serra : plus que quelques jours, et elle serait à sec ! Que deviendraient les villageois, et la famille d'Akissi ?

– Tiens, oncle Ata va dans la montagne, dit la princesse à voix basse. C'est pourtant très dangereux, là-bas. C'est infesté de lions !

Au pied de la montagne, Ata disparut entre deux grands rochers.

Les deux amies suivirent le sorcier et se cachèrent derrière une saillie pour l'épier. D'abord, elles ne virent rien.

Mais, bientôt, la lune sortit des nuages et une lueur argentée éclaira le paysage.

Cléa écarquilla les yeux : Ata, immobile sur le chemin, faisait face à six lions imposants !

Elle plaqua les mains sur son visage, s'attendant à voir les fauves bondir sur lui. Cependant, il ne se passa rien de tel.

Ata brandit son bâton, l'agita, et une étincelle rouge s'alluma dans les yeux du crâne d'antilope. De sa bouche s'échappèrent des volutes de fumée noire, qui s'enroulèrent autour des lions.

L'un des fauves s'allongea tranquillement.

– Il se sert de la magie noire pour les dompter ! murmura Akissi.

Un à un, les autres lions imitèrent le premier. Quand le dernier, un énorme mâle, se fut affalé par terre, Ata posa son sac.

Il en sortit des quartiers de viande d'antilope et les jeta aux bêtes, qui se mirent aussitôt à les déchiqueter.

Akissi retint sa respiration.

– C'est l'antilope que mon père a rapportée aujourd'hui ! lâcha-t-elle, indignée. Elle devait nourrir la tribu ! Comment Oncle Ata ose-t-il la donner aux lions ?

Cléa suivit le chemin des yeux. Il continuait à longer la rivière, puis s'élevait en serpentant dans la montagne. La présence des fauves empêchait quiconque de s'y aventurer.

– Et s'il retenait les lions ici exprès pour que personne ne puisse remonter la rivière ? suggéra-t-elle.

– Ça se pourrait ! admit la princesse. Je me demande ce qu'il cache…

À cet instant, Ata contourna les lions et poursuivit son chemin.

– On ne va pas tarder à le savoir, reprit Cléa.

Elles avancèrent prudemment en décrivant un large détour. Cléa avait les jambes qui tremblaient.

Les fauves, tout à leur festin, grognaient en découvrant leurs crocs redoutables.

Le grand mâle dut percevoir un mouvement, car il leva la tête avec un grondement sourd. Les deux amies se figèrent.

Le lion renifla l'air. Puis une lueur rougeâtre voila ses yeux, et la bête reprit son repas.

Les filles se remirent en route et les dépassèrent.

– Ouf ! lâcha Cléa. J'ai cru que le lion avait senti notre odeur.

– Moi aussi, souffla Akissi. Il va falloir nous dépêcher, maintenant. Je ne vois plus Oncle Ata.

En effet, le sorcier avait disparu dans les tournants du sentier.

– Courons ! proposa Cléa.

Les filles accélérèrent le pas, le plus silencieusement possible.

Au détour d'un virage, Cléa se figea.

– Qu'est-ce que c'est ? souffla-t-elle.

Coupant la rivière dans toute sa largeur, un grand mur blanchâtre se dressait devant elles !

Akissi fronça les sourcils :

– On dirait un barrage pour arrêter le cours de la rivière ! Pas étonnant que l'Ikanta s'assèche !

– Tu crois que c'est ton oncle qui l'a construit ?

– J'en suis sûre ! Voilà pourquoi il a ensorcelé les lions : pour empêcher qu'on

découvre le barrage ! Une fois que la rivière sera à sec, il pourra chasser mon père et devenir le chef de la tribu !

En l'écoutant, Cléa continuait à fixer le mur, qui luisait lugubrement dans le noir. Elle se demanda en quoi il était fait.

Elle s'approcha, et la vérité la frappa comme un coup de foudre.

– Ce… ce sont des os ! bafouilla-t-elle.

– Il faut rentrer au village prévenir mon père ! décida Akissi.

Elle se retourna pour rebrousser chemin. Hélas, elle marcha sur un os enfoui dans la boue, et le fit craquer.

Aussitôt, des volutes de fumée noire s'enroulèrent autour d'elle comme de grosses cordes.

– Vite, Cléa ! souffla la princesse. Sauve-toi !

Elle se débattit pour se libérer, mais les volutes la retenaient prisonnière.

– C'est de la magie noire ! s'écria-t-elle, affolée.

Entendant des pas qui approchaient, Cléa se jeta instinctivement derrière un rocher.

Ata surgit sur le chemin. Il s'arrêta en découvrant sa nièce prise dans les cordes magiques, et ricana :

– Tiens, tiens, la princesse Akissi ! Comme c'est gentil de venir me tenir compagnie !

8

Akissi en danger

– Brise le sort, Oncle Ata ! cria Akissi, furieuse.

Son oncle secoua la tête :

– Pour que tu coures au village raconter ce que j'ai fait ? Oh, non, Akissi. Ça gâcherait tout !

Il fit un pas vers la princesse et baissa la voix :

– Mes gardiens lions auront droit à un excellent dessert ce soir.

Accroupie dans l'ombre, Cléa sentit son cœur bondir dans sa poitrine. Elle devait absolument faire quelque chose pour sauver son amie ; mais quoi ?

Son regard fut attiré par le crâne qui surmontait le bâton d'Ata. Il vibrait d'une sinistre lumière rouge.

Pendant ce temps, Akissi luttait toujours contre la magie de son oncle.

– Tu as asséché la rivière ! lui lança-t-elle. Tu fais du mal à notre tribu !

– Oui ! reconnut Ata d'une voix dure. Bientôt, l'Ikanta aura cessé de couler, et je serai le nouveau chef. Ton père devra quitter le village pour toujours, et ensuite, seulement, je ferai revenir l'eau !

Il eut un sourire méchant :

– Les villageois n'ont pas voulu que je sois leur chef. Ils ont mérité de souffrir !

– Je te faisais confiance ! lança Akissi. Je croyais que tu m'aidais. Or, je suis sûre que c'est toi qui empêchais ma danse de faire tomber la pluie !

– Parfaitement, confirma Ata.

– Comment ? demanda la princesse.

Ata sortit de sa tunique une petite statue :

– Avec ceci.

Cléa étouffa un cri : c'était une statuette représentant Akissi !

Des spirales de fumée s'enroulèrent autour de la sculpture, pareilles à celles qui enveloppaient la princesse.

Le sorcier éclata de rire. Il saisit les rubans de fumée qui encerclaient la statuette et tira d'un coup sec.

Akissi poussa un cri d'effroi.

Tandis qu'Ata resserrait les rubans de fumée autour de la statuette, l'écran de fumée qui la cernait se refermait sur elle.

La princesse suffoquait.

– oncle, laisse-moi… partir ! haleta-t-elle.

Cléa décida qu'il était temps d'agir. Son regard se posa une nouvelle fois sur le précieux bâton d'Ata. Les yeux du crâne d'antilope luisaient toujours comme s'ils diffusaient de la magie.

Oubliant toute prudence, Cléa bondit de sa cachette, fonça sur Ata et lui arracha le bâton des mains.

Le sorcier fit volte-face.

– Toi ! gronda-t-il. Rends-moi mon bâton !

– Libère Akissi, riposta Cléa.

– RENDS-MOI MON BÂTON ! hurla Ata en faisant un pas vers la fillette.

Mais Cléa ne céda pas. Ata serra plus fort les rubans de fumée autour de la statuette.

Le crâne d'antilope se mit à tourner sur lui-même. Akissi étouffait.

– Arrête ! cria Cléa, paniquée.

Ata se contenta de ricaner en serrant toujours plus fort.

Le crâne d'antilope virevoltait maintenant comme une toupie. Akissi tomba à genoux.

Sans réfléchir, Cléa leva le bâton au-dessus de sa tête et l'abattit de toutes ses forces sur un rocher, où il se fracassa.

Un coup de tonnerre retentit, et toutes les cordes de fumée se dissipèrent brusquement.

– Mon bâton ! gémit Ata, horrifié.

– Je suis libre ! souffla Akissi, soulagée. Oh, Cléa, merci !

La petite princesse prit son amie dans ses bras.

Ata, lui, regardait fixement son bâton, immobile, comme s'il refusait d'y croire.

– Non, murmura-t-il d'un ton désespéré. Tous mes sorts sont brisés…

À ces mots, un grognement sourd s'éleva de l'autre côté de la rivière.

Les deux amies virent les six lions qui approchaient. Elles reculèrent.

Le grand mâle leva la tête et rugit – un rugissement si puissant qu'elles crurent sentir les rochers trembler sous leurs pieds. Puis les fauves bondirent.

Akissi et Cléa se serrèrent l'une contre l'autre, paralysées de terreur.

– Non ! N'approchez pas ! lança Ata aux fauves.

Abandonnant les deux

filles à leur sort, il s'enfuit à toutes jambes.

Ensemble, les lions se lancèrent à sa poursuite, et disparurent.

Cléa laissa échapper un soupir de soulagement :

– J'ai cru qu'ils allaient nous déchiqueter !

– Moi aussi, dit Akissi d'une voix tremblante.

– Que va-t-il arriver à Ata ?

– Je ne sais pas, répondit la princesse. Mais les lions sont des animaux intelligents. Ils ont dû comprendre qu'Oncle Ata les tenait sous son contrôle. Maintenant qu'ils en sont délivrés, ils vont vouloir se venger !

Tout paraissait si calme, tout à coup ! On n'entendait que le murmure de l'eau qui s'écoulait du barrage.

Les yeux de Cléa se posèrent sur le mur d'ossements. L'eau s'en échappait de toutes parts. On aurait dit qu'il se désintégrait lentement.

– Akissi, regarde ! cria-t-elle, alarmée.

Akissi suivit la direction que son amie montrait du doigt.

– Comme les sorts d'Ata sont rompus, le barrage s'effondre, expliqua-t-elle. Il ne faut pas rester ici ! Cours !

Cléa ne se le fit pas dire deux fois. Elles prirent leurs jambes à leur cou.

– On doit s'éloigner de la rivière, déclara Akissi. Dans la savane, on sera en sécurité.

Butant sur les pierres, elles dévalèrent la pente. Bientôt réapparurent les deux rochers derrière lesquels elles s'étaient cachées.

Soudain, un grondement assourdissant retentit dans leur dos.

– Trop tard ! lança la princesse. Le barrage a cédé !

Cléa jeta un coup d'œil par-dessus son épaule et vit un torrent dégringoler la montagne droit sur elles.

9

Que d'eau !

– Il faut se réfugier en hauteur ! cria Cléa.

Elles se ruèrent vers l'un des rochers et l'escaladèrent, se tordant les chevilles dans les cailloux. Le grondement de l'eau était de plus en plus fort.

Le torrent déferla violemment à leurs pieds. La rivière gonflée charriait des pierres, des troncs d'arbres, des buissons.

Heureusement, les deux amies étaient à l'abri, perchées quelques mètres au-dessus.

– On a eu chaud, hurla Cléa par-dessus le rugissement des flots.

– Oui ! s'écria Akissi.

Puis elle sourit jusqu'aux oreilles :

– Mais pense à la joie des miens quand ils verront que l'eau est revenue !

Cléa sourit à son tour :

– C'est ton père et ta mère qui seront contents ! Vous ne serez pas obligés de quitter le village !

Akissi la regarda avec reconnaissance :

– Merci de m'avoir tirée des griffes de mon oncle...

– C'était un plaisir !

Bientôt, l'eau regagna le lit de la rivière, et les filles purent descendre de leur perchoir. Elles retournèrent au village en pataugeant joyeusement dans la boue.

Une fois sur place, elles entendirent des cris de joie. Tout le monde s'était rassemblé au bord de l'Ikou. Les femmes et les enfants sautaient dans l'eau et s'aspergeaient en riant.

Les deux amies échangèrent un regard complice et coururent les rejoindre. C'est alors que le chef Oulan apparut.

– Où étais-tu, Akissi ? demanda-t-il, en colère. Ta mère et moi t'avons cherchée partout ! Nous étions morts d'inquiétude. Tu ne nous as pas entendus t'appeler ?

– Non, Cléa et moi étions sorties du village.

Oulan écarquilla les yeux de stupeur :

– Comment ? En pleine nuit ? Mais pour quoi faire ?

– C'est une longue histoire, dit la princesse.

Et elle raconta à son père ce qui s'était passé.

– Oh, Akissi, murmura Oulan, sous le choc. Vous auriez pu vous faire tuer, toutes les deux !

– Bah, tout est bien qui finit bien, répliqua sa fille. Le principal, c'est que l'eau soit revenue. N'est-ce pas merveilleux ?

Le visage du chef se radoucit :

– Oui, tu as raison.

Et il serra très fort les deux amies contre lui.

– Vous avez été d'un grand courage, ajouta-t-il. Si Ata échappe aux lions et qu'il ose revenir, il sera chassé du village à tout jamais.

Puis il s'adressa aux villageois heureux :

– Célébrons le retour de l'eau !

On apporta de grandes torches enflammées. Entourant le chef, tous commencèrent à chanter et à danser au son du tambour.

Oulan prit sa femme par le bras et l'entraîna dans une danse endiablée.

– Viens, Cléa ! s'écria Akissi.

En se tenant les mains, elles formèrent une ronde et se mirent à tourner, de plus en plus vite. Prise de vertige, Cléa dut bientôt arrêter, à bout de souffle. Akissi continua, levant les bras et tapant le sol du pied.

Cléa reconnut la danse de la pluie, et leva

les yeux vers le ciel. Peu à peu, des nuages noirs s'amassèrent et masquèrent la lune. Une goutte de pluie tomba sur son menton.

– Il pleut, Akissi ! Il pleut ! s'écria-t-elle.

À leur tour, les villageois lancèrent des cris de joie.

Oulan courut embrasser sa fille.

– Ma petite princesse de la Pluie ! s'exclama-t-il. Tu as réussi !

Il alla cueillir une fleur dans un buisson

et la lui piqua dans les cheveux. Akissi rit en voyant le bonheur de son père.

Maintenant, de grosses gouttes s'écrasaient sur le sol desséché. Cléa était tout étonnée : cette pluie-là était tiède et douce, pas du tout comme la pluie glacée qui tombait en Écosse. Elle pencha la tête en arrière et laissa les gouttes tomber sur son visage comme des pétales.

Akissi la reprit par la main.

– Tout le monde est heureux ! s'écria-t-elle gaiement. Merci de m'avoir apporté ton aide, Cléa !

Ensemble, elles tourbillonnèrent et virevoltèrent sous la pluie, à la lueur des torches, au rythme sauvage des tambours jusqu'à l'aube.

Quand la fête fut finie, les deux amies montèrent s'asseoir sur la plate-forme tout en haut du baobab pour regarder le soleil se lever.

Des rayons roses et or apparurent à l'horizon, chassant l'obscurité.

– Je dois partir, soupira Cléa en se levant.

– Promets-moi de revenir me voir, demanda Akissi.

– C'est promis, dit Cléa en la serrant dans ses bras.

– Alors, au revoir, Cléa.

– Au revoir, Akissi.

À ces mots, un tourbillon de vent, chargé de gouttes de pluie, s'enroula autour de Cléa. Elle se sentit soulevée du sol et emportée dans les airs. Quand la tornade s'apaisa, elle avait retrouvé la terre ferme.

Elle ouvrit les yeux… et constata qu'elle était dans la bibliothèque du château de Tante Clarisse.

Son regard se porta sur le bureau. La statuette y était toujours ; mais la princesse souriait. Maintenant une fleur ornait ses cheveux.

Un bruit de pas précipités retentit dans le couloir, et Lucas déboula dans la salle :

– Tu as trouvé l'atlas, Cléa ? Je veux voir où se trouve le Kenya !

M. Campbell arriva derrière lui.

– Le voilà, dit Cléa en désignant le gros livre.

– Voyons..., marmonna son père en le feuilletant.

Il s'arrêta sur une carte de l'Afrique.

– Regardez, le Kenya est là. Votre maman et moi, on y est allés une fois, avant votre naissance. C'est un pays étonnant. Peut-être irez-vous un jour là-bas, vous aussi.

– Cool ! commenta Lucas.

– Je suis sûre que ça me plairait ! déclara Cléa.

Et, discrètement, elle adressa un petit sourire à la statuette de la princesse de la Pluie.

Fin

Si tu as aimé ce livre,
tu peux lire d'autres histoires
dans la collection

Le château magique